Les petites découvertes de Moustilou

# la ferme

# Bienvenue à la ferme !

Le fermier et sa famille vivent à la ferme.
Autour de leur maison se trouvent
les bâtiments pour ranger les outils
et faire dormir les animaux.
Plus loin, s'étendent les champs.

# La basse-cour

## Le coq, un chef bagarreur

Le coq est le roi de la basse-cour.
Avec la poule et les poussins, il dort dans le poulailler.

**Quel est le cri du coq ?**

Cocorico !

Le coq a une belle crête rouge dont il est très fier !

La poule pond un œuf par jour. Grâce au coq, un poussin peut se cacher dedans.

Il y a beaucoup de bruit
dans un poulailler,
et il y fait toujours
très chaud !

Comment sont les pattes des canards ?

?

Palmées.

Beaucoup d'animaux de la basse-cour passent leur journée près de la mare. Ils y boivent, s'y rafraîchissent ou s'y baignent.

**L'oie** est élevée pour sa viande, mais aussi pour ses plumes. Avec, on fait des oreillers et des couettes.

**Le canard** nage très bien grâce à ses pattes en forme de palmes.

*L'oie pince avec son bec les mollets de ceux qui s'approchent trop de ses petits. Aïe !*

**Le dindon** est le plus gros animal de la basse-cour. Il aime faire la roue pour plaire à **la dinde**.

**La pintade** est une vraie joueuse : elle cache ses œufs !

# Le cochon

## Un gros gourmand

Le cochon vit dans la porcherie. Le fermier l'élève pour sa viande : plus il est gros, mieux c'est ! Heureusement, car le cochon est un vrai gourmand ! Il avale tout ce qu'on lui donne.

**Comment appelle-t-on le nez du cochon ?**

Le groin.

Tu as vu son gros nez

La truie a 12 tétines, de quoi nourrir une grande famille ! À la naissance, chaque porcelet en choisit une. Il gardera toujours la même.

***La truie est si lourde qu'elle peut, sans le faire exprès, écraser un de ses petits.***

Plus la queue du cochon est en tire-bouchon, plus il est en bonne santé.

Le cochon est réputé pour sa saleté. Pourtant il est très propre. S'il se roule dans la boue, c'est pour se débarrasser de ses poux !

Comment se déplacent les lapins ?
Ils sautent sur leurs pattes arrière.
Et toi, tu aimes les carottes ?

# Le lapin

## Les grandes dents

Le lapin mange presque tout le temps. Il adore le trèfle, le pissenlit, les carottes, et même ses crottes toutes molles !

Une lapine peut mettre au monde jusqu'à 50 bébés par an. À leur naissance, ils sont sourds et aveugles.

***Les clapiers sont souvent en ciment et pas en bois pour que les lapins ne les grignottent pas !***

Les dents du lapin poussent sans arrêt. Pour les user, il n'arrête pas de manger... même du bois !

# Le mouton

## De la laine pour l'hiver

Le mouton passe sa vie à brouter de l'herbe dans les prés. Même en hiver, il n'a pas froid car son corps est recouvert de laine.

L'homme qui s'occupe des troupeaux de moutons s'appelle le berger.

***Le mouton ne fait jamais rien tout seul. Si l'un va dans une direction, tout le troupeau le suit !***

**De qui l'agneau est-il le petit ?**

Du bélier et de la brebis.

L'agneau tète le lait de la brebis tout de suite après sa naissance. Il tient sur ses pattes une heure après.

Le bélier a de belles cornes retournées qui peuvent atteindre 1 m de long ! Il s'en sert pour assommer ses adversaires.

# La vache

## Du bon lait chaud

La vache broute l'herbe des champs : on dit qu'elle est herbivore. Le fermier l'élève pour le lait qu'elle produit et pour sa viande.

***Il existe toutes sortes de vaches : beiges, marron, unies ou à taches.***

La vache fait remonter dans sa bouche l'herbe qu'elle a avalée. Elle la mâche pendant des heures comme un chewing-gum : on dit qu'elle rumine.

La vache produit du lait quand elle a eu un bébé. Elle continue encore à en donner lorsque son veau cesse de téter.

**Comment s'appelle le petit de la vache ?**

?

Le veau.

Quand vient le soir ou pendant l'hiver, les vaches rentrent à l'étable. Pour que le fermier tire leur lait, elles vont au local à traite.

Tu as vu sa belle barbichette ?
?
Combien vois-tu de chevreaux ?
Quatre.

# La chèvre

## Une vraie tondeuse

La chèvre vit en troupeau. Comme la vache, elle est élevée pour sa viande, mais aussi pour son lait avec lequel le fermier fait du fromage.

Les chèvres sont très agiles. Elles adorent sauter et escalader les murets. Elles grimpent même aux arbres !

***Les chèvres jouent beaucoup à se battre à coups de cornes !***

La chèvre dévore les arbustes et même les chardons très piquants ! Le fermier s'en sert pour tondre ses champs !

Le mâle de la chèvre s'appelle le bouc. Il a des grandes cornes et une barbe très longue. Son petit s'appelle le chevreau.

# Les autres animaux

## Des joueurs et des travailleurs

Dans la ferme vivent de nombreux autres animaux. Ils aident le fermier dans son travail ou le suivent en s'amusant.

**Le chat** passe son temps à jouer, à dormir au soleil ou à chasser les souris !

**Le chien** est très fidèle. Il aide le fermier à conduire les troupeaux.

**La souris** aime bien grignoter le grain du fermier !

!

***Pour ramener les moutons perdus, les chiens leur mordillent les pattes !***

Le

À l'**automne**, le fermier laboure les champs. Il tire avec son tracteur une charrue qui retourne la terre.

***Pour que les graines grandissent, le fermier met dessus du fumier : un mélange de bouse de vache et de paille.***

Dans les sillons qu'il a creusés, le fermier sème des graines.

En **hiver**, la neige et le givre recouvrent souvent le sol. Le champ est alors tout blanc.

Les graines plantées par le fermier sont enfouies sous la neige. De nombreux oiseaux grattent le sol pour les récupérer.

Au **printemps**, le blé sort de terre, il est tout vert. Pour qu'il pousse, le fermier met de l'engrais.

Pour apporter au blé toute l'eau dont il a besoin pour grandir, le fermier utilise un arrosage automatique.

Le soleil de l'**été** fait mûrir le blé. Il est temps de couper les épis : c'est la moisson !

Quelle forme ont les balles de paille ?

Elles sont rondes.

Avec sa moissonneuse-batteuse, le fermier sépare le grain des tiges et fait des balles de paille avec les tiges. Elles seront stockées dans une grange et serviront à nourrir les bêtes l'hiver.

urrir
eons
le,
corn !

***Avec la farine, on peut aussi faire des gâteaux, des pâtes et de la semoule.***

Quand on écrase le blé, on obtient de la farine. Le boulanger s'en sert pour faire du pain.

**Avec quelle céréale fait-on du pain ?**

**Le blé.**

# Les outils

## Des grands et des petits

Pour travailler ses champs ou son potager, le fermier se sert de différents outils. À l'extérieur ou dans le hangar, ils lui sont toujours bien utiles.

***Autrefois, c'était les vaches et les chevaux qui tiraient la remorque.***

Pour décharger le foin de la remorque et le donner aux bêtes, le fermier utilise une fourche.

La brouette permet de transporter de la terre pour les plantations.

**Que tient MoustiLou ?**

Une fourche.

Avant de planter quelque chose, il faut faire un trou dans la terre avec une bêche.

Pour arroser un petit potager, un arrosoir suffit.

Ouf !
C'est lourd !

Pour que ses cultures poussent bien, le jardinier les taille avec un sécateur.

Pour remuer la terre et l'aérer, on utilise un râteau.

# Le potager

## Des légumes toute l'année

Le fermier cultive des légumes qu'il peut vendre sur les marchés. Mais attention ! Tous les légumes ne poussent pas à la même saison.

***En hiver, pour que les plantes poussent au chaud, on les met dans des serres.***

**Une salade**

**Des épinards**

**La tomate** pousse en été là où il fait beau. Elle a besoin de beaucoup de soleil !

**L'artichaut** aime le froid et la pluie. Il pousse beauco en Bretagne.

Des petits pois

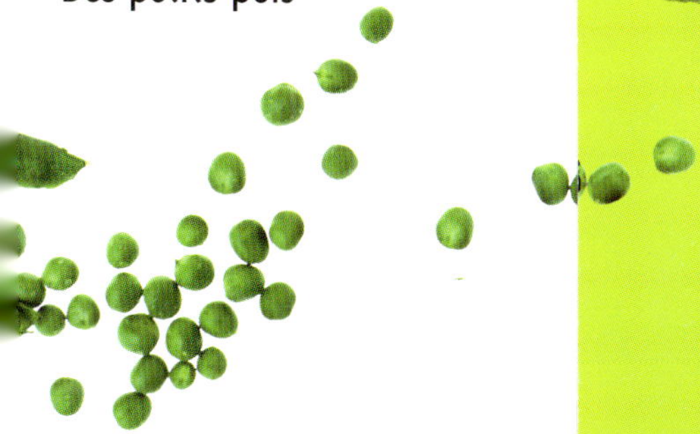

Un radis

Des carottes

Certains légumes, comme les radis et les carottes, poussent dans le sol. On ne voit alors que les feuilles sortir de terre.

# Le verger

## Des fruits plein de vitamines

Toutes sortes de fruits poussent sur les arbres des vergers. Du printemps à l'hiver, le fermier peut les cueillir.

***Tous les fruits ne poussent pas dans les arbres ! Les fraises poussent tout près du sol.***

Le printemps est la saison des cerises.

En été, on cueille les prunes, les pêches et les abricots.

En automne, on cueille les poires.

En hiver, là où il fait beau, poussent des agrumes : des clémentines, des oranges, des pamplemousses et des citrons.

Pour faire tomber les pommes, une machine secoue très fort le tronc du pommier.

# Le miel

## Des abeilles très travailleuses

Les abeilles passent leur journée à voler de fleur en fleur. On dit qu'elles butinent. Le soir, dans la ruche, elles fabriquent du miel.

**!** ***Le miel a un goût différent selon la fleur que l'abeille a butinée.***

Une fois posée sur une fleur, l'abeille en récolte le pollen.

Où vivent les abeilles ?

Dans une ruche.

L'apiculteur met une combinaison spéciale pour ne pas se faire piquer lorsqu'il récolte le miel en soulevant le toit de la ruche.

Des alvéoles

l

noirs

automne,

Les raisins poussent en grappe. Il en existe des blancs et des noirs, des petits et des gros.

# L'olive

## Un fruit mûri au soleil

Les oliviers poussent dans les régions où il fait beau et chaud. On peut manger les olives ou en faire de l'huile.

Il existe de nombreuses sortes d'olives. Des vertes, des noires, des marron…

***L'olivier est l'un des arbres qui vit le plus vieux !***

Pour fabriquer l'huile d'olive, on écrase les olives avec le noyau.

Pour cueillir les olives, on les fait tomber sur de grands filets posés au sol.

# Les fermes du monde

## D'autres maisons, d'autres champs

C'est en **Amérique** que les fermes sont les plus grandes. On y cultive de tout et les champs s'étendent à perte de vue.

**Comment s'appellent les fermiers américains ?**

Les cow-boys.

Pour parcourir les grands champs, les cow-boys montent des chevaux. Pour ramener les vaches dans le troupeau, ils utilisent un lasso.

En **Afrique**, là où il fait très chaud et où il ne pleut que rarement, la terre est sèche, il y a peu de cultures. Les fermiers vivent dans des cases et font vivre leurs volailles dans le village.

***Les Africains utilisent souvent des chameaux pour tirer les charrettes.***

En **Asie**,
il pleut pendant des mois.
Les agriculteurs plantent
le riz directement dans l'eau.

Pour garder les champs inondés et cultiver à plat, certains ont creusé des escaliers sur les montagnes.

# Les cultures du monde

## Aux quatre coins du monde

À l'étranger, tous les fermiers ne travaillent pas comme en France. Selon les pays, on trouve d'autres animaux et d'autres cultures.

Au **Maroc** et dans beaucoup d'autres pays d'Afrique, on mange la viande des chameaux et on boit le lait des chamelles.

**Combien de bosses ont les chameaux ?**

Deux.

En **Écosse**, les vaches sont plus grosses qu'en France et, surtout, bien plus poilues !

En **Australie**, les fermiers élèvent les autruches pour leur viande, leurs plumes, leurs œufs et leur cuir !

***Le lama est très mal élevé ! Il crache souvent sur les passants !***

Au **Chili** et en **Bolivie**, en Amérique du Sud, on élève des lamas pour leur viande et leur laine. On s'en sert aussi pour transporter de lourdes charges.

# Sommaire

**Nous remercions pour leur aimable collaboration :** Outils Wolf, Pain d'épice.

**Ont participé à la réalisation de cet ouvrage :**
Ingrid Biraud, Laurent Bouton, Anne-Sophie Congar, Claire Despine, Brigitte Legendre, Laure Maj, Émilie Malandain, Isabelle Southgate, Christine Moubinous pour Fujiyama.

**Illustrations :** MoustiLou - Ségolène Robin et Sébastien Destin pour le dessin, Yves Chagnaud pour les couleurs ; Infographies : Anne Horrenberger.

**CRÉDITS PHOTOGRAPHIQUES**

Le numéro correspond à celui de la page. Les lettres signifient : h : haut ; b : bas ; d : droite ; g : gauche ; c : centre.

BIOS : Cavignaux R. : 11hd ; Chipot D. : 17bc, 4e de couv. hg ; Delobelle J.-P. : 13b, garde bd ; Douillet J. : 19h, 21 rabat int. bd ; Gilson F. : 5 rabat int. bg ; Giraud P. : 33bd ; Gunther M.: 8 rabat ext. ; Kein J.-L./Hubert M.-L. : 6b, 10 ; Le Moigne J.-L. : 5 rabat ext. ; Lenain H. : 27h, 4e de couv. cg ; Lopez G. : 17bg, 4e de couv. hg ; Marielle B. : 5bg ; Piton G. : 28h.

COGIS : Dufresne : 14b ; Gissey : 18bg.

COLIBRI : Alet D. : 11bd ; Fontaine D. : 15bg ; Toulouse R. : 1b.

GETTY IMAGES : Adey S. : 35g ; Barraud M. : 29c ; Bueno F. : 20-21 rabat ext. ; Burton J. : 4d ; Caulfield A. : 19b ; Dennie Cody : 37 rabat int. g ; Elsdale B. : 23 ; Flach T. : 5 rabat int. bd, 15 rabat ext. ; Johner : 15hg ; McCormick P. : 30bg ; Patrice O'Brien E. : 13hg, 39bg ; Sullivan S. : 17bd ; Tony Evans/Timelapse Library : 31bg ; Turner & de Vries : 26hd.

HACHETTE PHOTOS : Cavalli A./Age Fotostock/Hoaqui : 37h ; Couper-Johnson R./NPL/JACANA : 37 rabat ext. b ; Moulin C./Jacana : 11cg ; Roy P/Hoaqui. : 35bd ; Troncy M./Jacana : 14hd.

PHO.N.E : Grenet M./Soumillard A. : 6h ; Labat J.-M. : 4g, 5bd, garde bg.

PHOTONONSTOP : Age : 37b ; Bilderteam : 9hd ; Decker R. : 31hg ; Fred : 32b ; Lerouge F. : 7bc ; Romain J.-M. : 35hd ; Soleil Noir : 31hd ; Tourenne P. : 24b.

SUNSET : Alaska Stock : 34h ; Arthaud : 12d ; Barnes D. : 2-3 ; Kosch : 18bd ; Brake : 36d ; Bringard D. : couv. bd, 15cd ; Cavelier L. : couv. hg ; Claudie : 25c ; Delfino D. : 5h ; Diagentur : 20h, 27 rabat ext. bd, 37 rabat ext. hg ; Janes E. : 9bd ; Fotostock : 21bg ; GL Production : 28c, 31 rabat ext., 32hc ; Holt Studios : 9hg, 20 rabat int. bd, 21h, 21 rabat int. h, 22g, 27bd, 27 rabat int. d, 37 rabat int. hd ; Horizon vision : couv. cd., 7bd ; Lacz G. : 7hd, 12 rabat int., 13hd, 16g, 17hd, 18hg ; Laramie : 37 rabat int. bd ; Maier R. : 20bd ; Moulu P. : 31 rabat int. ; Prevot I. : couv. bg ; REX Interstock : 28bg ; Spectrum : 20 rabat int. h, couv. hd ; Super Bild : 12 rabat ext., 29 rabat ext. hd ; Timmermann : 34bg.

MARC SCHWARTZ : 12hg, 15 rabat int., 23hd, 26bg, 33hd, 33g.

AUTRES PHOTOS : DR.



ISBN : 2-84-203-817-7
Loi n° 49956 du 16 juillet 1949 sur les publications destinées à la jeunesse.
Dépôt légal : Octobre 2006.
Imprimé par TWP, Malaisie.

# Les collections de MoustiLou

**MoustiLou**, c'est toute une gamme de livres qui invitent, à chaque âge, les enfants à découvrir le « vrai » monde en photos.

## Les 1<sup>res</sup> imageries de MoustiLou

## Mon imagerie en photos

## Les imageries bilingues anglais et espagnol

## Les petites découvertes